還るためのプラクティス

今宿未悠

七月堂

目次

還るためのプラクティス

踊り子

からだを
舐める
ネオンの光
反射する
鈍い
ポールを
太ももに
挟んで
反り返った
わたしの

乳房が
闇に
埋もれる
いくつかの目
に
揺れている
ゆわん
まつげの影
瞬きを
するたびに
劇場に
充満した
陶酔を
かきまぜる

やがて音楽は止み
ネオンの光も消える
脱ぎ落とした衣装を拾い
手に抱えてそそくさ捌ける
舞台裏の階段を地下へ地下へ

踊り子の楽屋は粉っぽく霞んでいる
あけすけな蛍光灯に晒されて
鏡にうつる皮膚の凹凸
尻には肉割れの跡が何本か走っており
内腿のあざはさっきポールを挟んだ時にできたもの
血管が潰れて噴き出した赤い青が
内腿の大部分をいくつものぷつぷつで汚している

あなたのあざ、星みたい

彼女の声に三秒遅れて彼女の匂いが届いた
毛並みの良い猫のようなムスクの甘さが喉を鳴らして
ふわりとした彼女に目を向ける
肩を押されて近くのソファに腰が落ちる
埃が彼女の匂いと混ざって舞い上がる

隣に腰掛ける彼女
太ももがかすかにあたる彼女の太もも
手が伸びてきて
這うように
内腿のあざのぷつぷつを一つずつなぞって結んでいく
しずかに呼吸して
わたしは股関節を外側へ捻り
ぷつぷつをもっとあらわにする

彼女の薄ピンク色のネイルを施された爪が
蛍光灯の光をはね返しながら
太ももの肉にめりこみつつ移動するとき
ぷつぷつを追いかけるゆっくりとした光の軌跡
網膜にずっと残る

わたしたち、星座を結んでいる

青い星、指先の光でつながって星座になる
地下の霞んだ楽屋でわたしたち二人
ひそかに　たしかに　呼吸を続ける

卵管采

耳をふたつ折りにして地面に押し当てると
鼓動が聴こえる
土と苔が粒子になって混ざり合って
湿っぽく匂う
ここは亜熱帯の庭

膝を抱えて疼く
待っている
見上げると大きな羊歯があり
うっとり覆い被さるそれは天蓋のように

やわらかく光をすこしだけ遮り、あるいは通している
よくみると産毛が生えていて
先端がくるりと丸まって　これが母性なのかもしれないと
原初の記憶が
卵子だったころのことが　少しだけ耳の裏側をかすめた
知らぬ間に選ばれたひとつとして
卵巣から放たれたそれは
刹那、腹腔をさまよって
くるみあげるようにつつみこむように
卵管采に捉えられた
その後、六日ほどかけて管を通り子宮をめざす
卵子は

庭に投げ出された身体は
膝を抱えたまま浮き上がって

地面から離れた　鼓動はもう聴こえなくなる
揺らぎ乱れる静寂のなかで羊歯に捉えられ
くるみあげるようにつつみこむように
先端から含まれて　闇に溶け込んで
ああこうだった、と諒解する
じっとりと汗をかきながら
眠気が襲ってくる
記憶が混濁する
粒子が
漂う

歯茎

腫れている
歯茎の裏側
を舌でつうと舐める

明滅、
口腔まで届か
ない
唇うすくあいているうすい空間を管が
ふさいで　待つ　ばかり
呼吸が

ながらえますように
時間が
経て
ば

ん、渡された錠剤
粉っぽくて
わたしの歯茎
ずっと腫れたまま
やっぱりおさまらなかった
今度は塗り薬がいいな……
なに？　もっと委ねなきゃ　あなたよりあなたの（からだの）こと知っている人いるん
だから錠剤

上から下へ、沈む重力だから横たわったからだ深いところへ
白いシーツ　健康で
曇りがない願望みたいに
頬裏の粘膜
舐める
ざら　つ　きの上
糸が
つたう
繰り
かえ
し

瞼、うすいね

半透明の明滅

向こう側にみえる
血管
瞼のうえ亀裂みたいに走るハイウェイ
ハクビシン狩ってお腹裂いたらね
胎児が、二体でてきた、大きいのと小さいの
爪が生えそろっていてわらってるようにみえたよ
あのこたち、目を閉じていたな……

ずっと暗いところで、意識が液体みたいにふにゃふにゃなまま終わってしまった命の記憶が急に蘇ってきて驚いてしまった。この白い部屋の白さに、ハクビシンの胎児は半透明で、ブルーグレーの微光、朧げな輪郭だけが残って、手を伸ばせば掻き乱せ

る手は点滴に繋がれていてどうしようもない、
どうしてこんなに情けない。

生殖、わたしもいつかできるようになるかな
あなたはおんなだから、委ねていたほうがいいん
じゃない
出る言葉全て
祈りだと思えば怖くない

たゆたゆ白い腹

幼女の
すべらかな皮膚の
中央には
柔く潰れた臍があるから
その臍を避けるように
幼女の
腹に
片手のひらをそっと当てて
ゆっくり
めり込ませてみなさい

皮膚を突き破って
肉の向こう側に
小さな骨盤が
あるでしょう
指先で
骨盤の淵をなぞると
石膏によくにたつめたさ

しずかね

幼女の
骨盤の側面を
指でぐいと押してごらんなさい
ゆらついて
元の位置に戻るでしょう

白い腹が
たゆたゆ残響しているのが
こちら側からも見える

いとしいね

幼女の
腹に
もう一方の手も当てて
同じようにめり込ませてみなさい
両手で骨盤を抱えると
くすぐったいのか
笑い声が聞こえるでしょう
大きく揺さぶるとその分だけ
腹は大きく残響し

笑い声は大きくなる

ああ　もうすこし

両手を
抱えたままの形で
内側に向けて力をかけると
骨盤が
ばねに似た反力をもつでしょう
そのまま力をかけ続けなさい
ある一点で

ばきん

と割れるでしょう

支えを失った身体は
どろり床に流れる
二つになった骨盤と
その破片が
身体の膜の内側を
永遠に
揺蕩っている

わざといかついんだ

おんなよりおとこのほうがずっと脂肪のつき方普遍的にすくない、を骨の太さと筋肉で補う予定なのにきみは骨が細くて筋肉が足りていないうえに脂肪つかない。ずっと細くてぶかぶかのトレーナー越しにそれがつたわってくるのはたとえばタンクトップから伸びる二の腕が細いのがずっとみえているのとは訳が違う。分厚い布地の先にある細さをこちら側に想像させる方があきらかに性的だ。きみはきっとそのことを悟っていてだからわざとズボンもワイドだしスニーカーのソールも戦隊ものみたいにいかつい。いかついんだ薄い皮膚のくせに、薄い皮膚だから、つまさきとか肘とか、からだの先端あるいは角になるような場所がところどころ微かに発光しているのがみえる。指先は場違いに黒くてなぜならマニキュアを施している爪があるからそんなの剥がしてしまえばいいのに。除光液をたらせばきみの指先はもっと発光するようになるその細い指先で触れて、かかとからふくらはぎを通って顎先までひと息になぞってよ歪みがちな骨格が「まっすぐにやるということが常にじょうずになぞれるということだとは限らないんだから」って嘲笑するところからようやくすべて、きみの望み通りがはじまる。

雲

雲が
雲であることを
諦めたなら
粒子の輪郭は
だらしなく撓み
界面はひどく
曖昧になり
そこかしこで
結合が生じ
一塊りの

流動体と化し
そ
の
ま
ま
すろんと
地に堕ち
て
ゆ
く

光
は

乱反
射
が
ないの
で
迷
い
なが
ら
のろ
く
進
むよ
う
に

なつ
た

採血

三叉路
がうまれますこれから注射針もう一つの道になって
腕にもりあがる血管のひとすじ、
何度も確認するように撫でる指先、
アルコール液を含んだガーゼは冷たくて、
覆いかぶされる腕　血管のところ
「いたい」
いたいことは、始まる前からわかっていたし、始まった後やわらいでいく
注射針あたらしい脈になって

しゃばしゃば　外に流れ出ていく、液体

老朽化したダムの壁と壁のあいだから
豪雨に耐えきれず　外に流れ出ていく、
がさついた映像を眺めていた
頬杖をついて
生中継を
遠くのことだと思った

雨の匂いは、雨が降る前にわかる
たとえば氾濫する川のこと
マンホールから溢れてとまらない下水
骨の折れたビニール傘
暴風が
犬をまきあげて

攫ってしまった
「ふらつくかもしれないので、おちつくまで椅子にかけてお待ちください」

腕にバンドを巻かれているのは止血のため
待合室の椅子のやわらかく
精神科は精神を整えるための理想的な空間です
パウルクレーの絵画、クラシック音楽、淡い水色の壁紙
paul klee
klee
くれ
ください
犬
犬を　追いかけるぞ
エスカレーターを駆け降りて豪雨に出ると風が髪をまきあげる髪は頭皮に繋がれているから攫われない

「あぶない」
あぶないことは、出る前からわかっていたし、出た後も続いていく
「そんなこといわないでっ」
叫んで走り出した、握りしめた処方箋どろどろになって繊維になって溶けていくのを薬局の人がサンダルを突っ掛けて追っかけてくる　ここに持ってくるまでにそれ溶かしちゃいけないんだよお！　いやだ犬を迎えにいかなくちゃいけないんですものわたし！　いまごろずぶ濡れて雑巾みたいになっている犬かわいそうに　河原にいるかな　そう河原にいる　河原にいってみようか！　薬局の人の手を引っつかんで風に乗る　ひらり舞う　轟轟轟轟の風に乗れば意外とかろやかだ！

氾濫する川のこと

河原に向かいますわたしたち河原に向かえばきっとそこには犬がいるはずです助けてあげなくちゃならないかわいそうだ犬だから自分に何が起きているのかすらきっとわかっていないだろうお薬もらうのその後でいいですので自律神経とか整えている場合じゃないんです精神より生命の方が優先すべき事項でしょう！

氾濫する川のこと

ほらあそこが隅田川だ！　生中継でさっき見たけれどもこんなにも近かったなんて知らなかったよもう他人事じゃないな、ああ、あんなところに雑巾みたいな犬がいる！　犬をください処方箋はもうこの頃には溶けるどころか握っているものはもはや何もなかった、薬局の人のサンダルは気づいたらふき飛ばされていた、でも犬がいますので大丈夫です犬は生きております！　ほら濁流に怯えている茶色い水にかわいそうに今助けてあげるから風の流れから離脱したい！　しかしながら離脱できない！　どうすればいいんだ私たちずっと風に乗ったままこういうのって普通犬を助けようとした人も一緒に濁流に飲み込まれて行方不明になる理想的な結末からほど遠く！自律神経が不安定な私とサンダルを飛ばされてしまった薬局の人がずぶ濡れになった雑巾みたいな犬を見ながら、空中で混乱している！

毎晩うまれる

毎晩やる
薄暗がりのなか
浴槽に湯を張って
右足の親指から
きわめてゆっくり沈める
水面
ふくらはぎを下から上になぞって
湯気がうみだされる
みだされる
水

面
私の形の通りに揺れる
右足の親指が
浴槽の底に届く
つるりとしている
感覚
に
私　を
預けて
次に左脚　を
入れ
て
右脚と揃
えて
腰を　かが

めて
背
中を
浴槽の
形に
沿わせ
て
目を閉じ
れば
皮膚が
揺れ
る
揺れ
ゆ
ぬ

ぷ
　こぽ
　　ねう
　　　浴槽が柔らかくなってくる
尻の奥の骨に届く
浴槽
が
形を
変えて　尻
背中
それか
ら頭　が
少し
めり込
む　湯に

沈み切ったからだ飽きたらない
沈む　沈　む　　沈　　　む
柔らかくな
っていく
浴槽に合
わせて
　　ぷ
　　　　ぬ
　　　　　　　ぷ
　　　　　ぷ
ぶ
　　ぬ
　　　　ぶ
　　　　　　ぬ
　　　　　　　ゆ
　　　　　　　　湯に

あたためられて
柔らかくなった浴槽は
子宮内膜
の、ように
あたらしさを孕む
うつわ
に　浮かんだことのある
記憶の
遠くから
呼びかける
音
くぐもっている
波を
緩衝する
羊水

の
とろみ
の
せいで
音は
くぐもって
届く
まだ
生きた
ことになっていない原初の
耳になるはず
の　器官に
届く
音
は

声　声が
遠くから聞こえる
なかで
沈んでいる
この暗い場所
裸体
だけれど
まもられているずっといだかれている
ここ
温かく
柔らかい
母胎
へ　還り
海へとかえれ
進化の歴史を逆さに辿り

潜在する記憶に
とどめられている
水であったころの感覚が
私という膜
に　満ちてゆく
勾玉の
形になって
呼吸を
ゆっくり　繰り返して

その余韻のまま
眠るまで
目を開けて

水のいきもの

わたしがおよいでるとこずっとみててね

カルキが鼻奥をツンとさす。夕方の笑い声は曇りがちに反響している。オレンジ色のあかり、屋根はドーム型で壁にはタイルが敷き詰められていて、タイルとタイルの隙間を埋めるぶにぶにのゴムがところどころでカビている。大人の指が届かない。プールサイドにモップをかけるお姉さんが後ろを通り過ぎていって、そこだけ風が起きて、背骨に沿って形が、やわん、と消えていった、お姉さんはポロシャツの袖を肩の上までまくっている。

むわむわ!

熱気にせっつかれてばしゃばしゃとびこむおともだちたち!

遅れてついていけない。

タイルの壁、下から2メートルくらいのところに大きな窓があってその向こう側の地面は、ここより2メートル高いところにある。ふだんよりもうんと見上げてようやく、立っているママと目があった。やさしく頷いてくれた。

そろりと片足を水に入れる。

みんなの飛沫がほっぺたにかかった。

夏

博物館で嗅いだ　ホルマリンのこと
剥製になったクジラの　涼しげな顔つき
アザラシのつるりとした　皮膚
青く透き通った液体の中で
呼吸が　止まっている

水槽の中は静か
外が騒がしい
たくさんあって　ぜんぶ見きらなきゃね　と
手を引かれながら

ひとつひとつと　目があって　通り過ぎる

動かない
クジラもアザラシも
眼球　ずっと動かない
目を合わせるのはわたしの方で
目を逸らすのもわたしの方
逸らすたびに　いつも　負ける

水に片足入れるのがやっとの

庇護されるべき存在

ずっとたくましい
クジラもアザラシも
ふんだんな脂肪とあたたかい毛皮
イヌイットの暮らし
スープになり、コートになる
皮膚が裂けてはらわたが出てくる様子を
お父さんの後ろからじっと見つめる子ども
イヌイットの暮らし
あの子もいつか狩りをする
今はお父さんの背中だけ見える
庇護されるべき存在

別の場所で

さっきまで剥製で見ていたクジラやアザラシが、食糧になり、衣服になっていた。水の中で美しかった彼らは、陸にあげられた途端、たちまち、無力だ。何体も並べられた蝋人形が、イヌイットの暮らしを模してクジラやアザラシを屠る。そのなかに一人の男の子がいた。彼とは目が合わなかった。蝋人形だから？　本物のイヌイットの男の子をわたしは知らない。彼が営んでいるであろう特徴的な暮らしぶりの断片は説明文に書かれているけれども、彼が、片足を海に入れたことがあるかどうかは誰も教えてくれなかった。目を閉じてみる……。砕けた氷の間からのぞく黒々とした海、まつ毛の先が凍っていて、頬と鼻先は熱を帯びている。ブーツを脱ぎ、靴下を脱げば、鋭利な風が指先をかじかませて、怖くなんてないのに震えている。うまく力が入らない。裸足は頼りない。人間の皮膚はこの寒さに耐えられないほど弱くつくられている。それでも、片足を海に入れようとして、

息を飲み込んだ。

一瞬、

氷と氷の裂け目の奥、

光が射した海に、クジラのゆっくり泳ぐ影が見えた。

まな板の上の夜

ひとばんかけてあけられなかった350ml缶ビールの残りを捨てる
ためにキッチンへ向かう　捨てたらすぐに戻る予定だからあかりはつけない　つけようと思った
ところで蛍光灯の寿命はもう切れているかもしれないけれど　電気布団にさんざん甘やかされた
素足を冷たいタイルが噛む　換気扇の隙間から入り込む街灯がシンクの居場所を教えた
私が缶を逆さまにする
と無抵抗に受容する黄金色の液体はステンレス板の傾斜を行儀良くさわさわ下った　排水溝のと
ころで少し詰まって泡をつくる
泡をつくる
泡をつくる
泡をつくる

のは、私のからだのはずだった
今朝　同じように裸足だった私の眼下に広がる深緑色の水面はささやかな白泡を立てながらこちらを見つめていたさびれたこのまちは海が近いからそこらじゅうに岸壁があるからどうせならそこから身を投げ出したらいいかなと思っていた誰にも気づかれないから無機物にきれいに還れる気がしたからビニルテープで部屋の空気を逃さないようにして液体を混ぜてこの部屋で、ということになるとどうしても腐乱していつか誰かに迷惑をかけるのが申し訳なくてだから私は海を選んだはずだった　裸足でごつごつした岩に立って呼吸を一つしたところで私の腕をつかんだあの人は私の腕に感触だけを残して

このまちは海が近いから帰り道にとれたてのぶりを買える

小さいやつを買ってきて家のまな板の上に乗せた　少なくとも私よりは健康的な白いつやつやした腹を文化包丁で裂く　中にいっぱいの卵を抱えていた　つまりは成体になるはずだった　できそこない　を掻き出す　まわりの内臓も掻き出したら指が鈍重な赤で汚れた　一緒にレジ袋に入れて口をかたくしばって　臭くなるのが嫌なので明日可燃ゴミに出すまで冷凍庫に入れておく

なにも無くなった腹を流水でよく洗っておろして刺身にした　ビールと一緒に嚥下した
空になった皿と空になったビール缶を空っぽのシンクに入れて私は電気毛布にくるまる　明日は可燃ゴミだから8時に収集車が来る　冷凍庫から内臓を出して他のと一緒に捨てようか　スマホで7時53分にアラームをかける　アラームをかけて明日の朝まで眠る

肉

最近とても肉になりたくって。

サシが入ったやつじゃなく、さっぱりしてて胃もたれおこさないくらい健康的な赤身系の肉になりたくって。焼肉の終盤で大根おろしと一緒に食べてはぁ今日も美味しかったねって卓上をクドくなりすぎない程度にまとめてあげられるような赤身系の肉になりたくって。どうやったらそんな肉になれるのかしらって聞いてみたら彼「すでに僕たちは肉じゃないか」っていうのよ、ああ忘れてたあなたは唯物論者だったわねって。違うのよもっと純度100パーセントの肉になりたいのよ。そしたら彼「思惟だとか意識だとかそんなのが追いつけないくらい加速させれば肉だけが残るんじゃないか」って。まあたしかにそうかもしれないと思ってわたしはこのまちで一番長くて急な坂の頂上まで引っ越し用の台車を引っ張ってって、その上に体育座りして彼に背中を押してもらったのよ。そうしたらまあたしかにどんどん加速していって少しずつ思惟と肉とが分離していったのだけれども、追いつけなかったのは肉の方で台車の上には思惟だけが残ってしまって。肉の方はどうなったかというと少しずつ分離していったから坂の途中に断片ごとにばらばらになってなんかもう、みるも無残な感じになってしまったわけ。でも彼は結構ポジティブで「これ綺麗に洗ったらあんがい食べられるんじゃないか」っていうから、わたし（思惟）は「おまかせするわ」って言ったの。

彼はわたし（肉）の断片を丁寧におもちかえりして綺麗にして焼いて食べてくれたわ、大根おろしを添えて。

河川／果実

夜遅く
いちじくは実の内側に花をつける
その静けさくらいたしかに
したたかに
抱いてください　いまでも
歓楽街を抜けて
深く　紅く　はしる　河面を　反射する　光　の奥にある　耳が　つめたい
流れている　時を　盗み見る　足を踏みこむ　舟が揺れる　水路へさらわれ
ていく水々　眠っている魚
下唇を噛む　ばらばらの手を一つにする

いちじくの
花が開いて、開いて、開いて、
実の密度が増して、増して、増して、
はじけてしまう前に、摘み取らなければならなかった、

舟は河川を舐めるように進む
遡行する記憶
彼岸にあなたがいる
目配せしたら、私にだけわかるようにおどける、ちょっとやめてよって声にはせずに、唇を読んで、鼻梁に皺を寄せていたずらっぽく笑う、笑い合う
靄みたいに不確かな存在ばかりのなかであなたの輪郭だけがくっきりと見えていた。願っていたことが、ようやく、叶った……夢は、醒めた

「流刑だ」

つぶやく
嘲笑うように
気づけば雨が降りはじめていた
舟はずっとまっすぐ進んで、戻ることを知らない、白波が立ちはじめた河面を切るように、進んで、進んで、進んで、
屋根のない甲板で、
片方のハイヒールのストラップが外れたまま、
ストッキング越しの足の甲が、冷たい雨のせいで、いたい。

深く　紅い　感情が　気づいたらあって
それを　躰の内側の　最もみにくいところに抱え込んだのに。光にむかって花が育つように、抵抗することができなかった。あなたを見るたびに、何度も朝が来るように、日に日に蕾は膨れ上がり躰はどこもかしこも紅く侵されていき
罪だ　と、思った、でも、

そのどれもが静かで、あくまでも内側だから、気づかれない。花が開き、やがて実にかわり、その実が熟そうと、全てが内側で起きていることだから誰にも分かりようがない、ずっとそう思って、ずっと耐えていて、枝が重みで撓って、月が欠けた夜に、表皮が張り詰めて張り詰めた挙句に限界を迎えてしまっためりめり裂ける音がする実がはじけてこぼれるこぼれて落ちる
深く　紅い　果実が、無惨に、あなたの靴をよごした

雨はますます強くなる
舟が進む先は
行方は
窶した躰が、濡れて、重く、小さくなって、
黒々とした海へと、
河川は流れ込む
その海に呑まれるように
舟は

しおれる／ふたたび

薄墨色の正方形の部屋には　まず大きなベッドが置かれている

上から下へと吊るされた花々のしおれる速度は一定でなく
たとえばラベンダーの息は長いし
アンスリウムは枯れているのかいないのかわからない
さまざまな匂いが乱れることなく統合され　美しさとして充満する部屋は
悪夢に似ている

靴を脱いで
裸足をフィルムカメラで撮られたこと

きれいに映ったかどうかは現像されるまでわからない
遅効性を伴うメディアは
妊娠という現象もそうであり

シーツには花の間から漏れる光がさざめきをつくっていて
つまり水面であって
身を投げ出せば少しだけ沈んで　あとはたゆたっている
息を深く吐けば
そのほんの数秒のあいだだけ
還ることができる
しおれる花々と同等の存在として
不規則に朽ちる身体

耳がかすかに震え　揺れて
ざばんと飛びこむ音が聞こえた

シーツの皺があたらしいかたちをつくる
そのひかりに似た
衝動をすべてあけわたしてしまえればいい
きっとまた液体になれる

融即をめがけて
からみあう二つの呼吸

孕鹿

鹿が　湖畔を
彷徨う影があった
骨張った前脚で　草を　湿った音で
踏み潰す
鹿の　腹は
なめらかにふくらんでいて
ふくらみは揺れた　生の匂いがした　毛並みの艶やかな
青緑色の
深い　湖に揺れる影を

眼で射抜く
黄色い虹彩を持ち

瞳孔は暗闇で大きくひらく
鏃の先端がするどく月光を　反射して気配はなく
ただその光が、背中のあたりで微動している
静寂を待ち
弓柄を握り込み、矢を番える
弦は鈍い音を立ててしなる

目があった

刹那、目から、少し血色を帯びた触手が互いに伸び合いたしかにからみあった。からみあいながら、粘り気のある音をたてながら、触手は発光し、青緑色の闇を、てらしだして、湖にうつる像は、揺れた、血色を帯びて、ほのかに光りながら、揺れた、
互いに歩み寄る。
目から伸びる触手でつながった
ふたつの生き物が、歩み寄りながら、湖の上を渡っていた。

ひとつ、あしを水面に触れれば、それはゆるやかに同心円を描いて、ふたつ、の生き物の距離が近づくにつれ、干渉の点をいくつも結んだ。みっつ、触手はますます強くからみあい、よっつ、とうとう眼球ゼロ距離で一つにくっついた。距離は留まることを知らずにゼロを通り越してマイナスになりすいこまれていくのがわかった。粘性の液体に抱かれていた。とろけて、膝を抱えるようにして、瞼が透かしている光は柔らかな薄紅の色をしている。脈打つ、音は、不安定で、重低で、揺さぶる、リズムに、同期するように、息を止めたり躰をこわばらせたりいっきにゆるめたりする。遊ぶように、笑うように、伸びれば、先端がぬめついた袋にあたり、さらに伸ばせば弾性を伴って、少しだけ、形を受け容れるようにして沈み込む。光、音、特に声。あらゆる感覚刺激の騒々しさを緩衝する粘性の液体に抱かれてずっとここにいることはできないとわかっていながらも、あらがいようがなく単純なひとつの細胞は、分裂を繰り返しながら、たしかなひとつ、のかたちになっていく、そのかたちに応じるように胎はふくらんでふくらんで被虐性を孕んだ内部の、まったき個体、を素知らぬふりをしながら、脚で力強く立ち続けながら、ただ、満ちるのを、待っている、悟ったように、まっすぐ見据える目は、透き通るような、青緑色の

樹木

アトピー性の皮膚はぼそぼそしていて
あやうげな骨格にはりついている
ふと、あなたは肉というより
樹木だと
なんども撫でて
横たわった足先に水を与えて
根を張れ、樹木ならば
足の爪と指の間から兆しが
つまりは、肌より少し茶けた細い先端がいくつか伸びてきて
気づけば夥しい数のそれらは

するする床を張って
下へとめり込んでいく
床板と床板の間隙が真っ先にやられる
亀裂がいくつも入り
軋んだ音を立てながら壊れて
あなたはますますきつく目を閉じて
足先の、その先へ先へと
地へと降りてゆく
ぽっかり空いた口は乾き続け
吐息ともいえぬ細い
胞子嚢のような
先端の丸い糸がいくつも育ち始め
薄明のなか
鼻先や瞼、耳までもを覆うようになる
サ……という無声音が聞こえ続ける

やがて大樹になれ
肋骨の名残が
膚に残るほど

猿

那智の山にすむひとがした話である

那智はみかん栽培がさかんで
よく熟れた果実を狙う猿は憎い存在
頭が良くてなかなか罠にはかからないが
腕のいい猟師がある日
「猿がとれたぞ！」と
そのひとの家の戸を叩いたらしい

ドーカガサチャンヌー

私はその日ちょうど早朝に仕事を終えたばかりで
うとうとと眠りかけていた
目を擦りながら戸を開けると息の落ち着かぬ猟師がいた
どうやら猿の生捕りに成功したらしい
これから捌くのでついてこいとのこと
筋肉の盛り上がった背中をうつろに見つめながら歩いた

解体場には捕らえられた猿がいて
隣には大きなバケツいっぱいに張られた水
猟師が私に指示することには
猿の両手を片方ずつ持って
せーので水に沈めて溺れさせるとのこと
私は猿の手を取り上げた
猿の手は人間と同じ形をしていた

細い指先の先端に爪が生えていた
猿の力が私に跳ね返ってきて
私はそれをぐっと抑えて
猟師と一緒に猿を沈めた
猿ははじめ水面に顔を出そうと暴れていたが
しばらくすると大人しくなり
私をじっと見つめてきた
見つめたままだんだん目の光がなくなっていくのがわかった
指に入った力はもう抜けかけていた
猿は動かなくなった
もうここらでいいだろう、と水から引き上げると
猿は微動した
まだ意識があったのかと急いで水に入れ直す
じゃばん、という水音ののちに
長い沈黙が解体場に覆いかぶさった

もう一度引き上げたとき
猿は今度は完全に動かなくなった

セクワガル

猿は個体によって匂いが全然違うんだとそのひとは言った
本当に匂いが違うのか、それとも近い種族だから嗅ぎ分けられてしまうのか、
ほんとうの理由はわからないねとふたりで話した

後部座席

ただきれいなものは
ぺらぺらしている
腐臭が漂って
はじめて生まれた　奥行き

愛されていたいから
帰りの車で寝たふりをしていた
片方の目を薄くあける技術
細い楕円形の視界に
うつる　指　母のもの

柔らかく
皺が寄っている
後部座席
ガソリンのにおい
染み付いた
車体　軋む
暗闇
ナトリウム灯に
何度も何度も
送られている……

「寝ちゃったみたい」
父とバックミラー越しで目配せ　したはず　耳許の声
少し掠れて静かに
残る

頭を包む腕と手のひら
揺れ
つたえあう質量
跳ねている
車
無遠慮に
揺れ
よく知らない
話が流れるラジオ
電子音のカーナビ
ありとあらゆる侵害から
揺れ
からだ中
布でくるむみたいに

手のひらを起点として
母全体にひろがっていく
たわやかな表面積に

醒めていることをかくした
頭に乗る手のひら
首　しなり
手の重み伴って
なすがまま
揺れ
揺れ
大きな揺れぼこんと跳ねる
わたしと母の
浮き上がったセンチメートル
同じ分だけ

ふくれる

おままごとあそびをしたときに
彼女が私の丸襟を掴んでひっぱって
（綿だから少しだけ伸びてそのままよれたら戻らなかった）
なかにたくさんのぬいぐるみを入れたこと
かわいそうな顔をして
この子たちお熱がでちゃったの、だから、よしよししてあげて
発達のなすがままに
柔らかな肌に覆われて
無原罪の表情が
襟を掴んで引っ張って

覗き込んだ私の
薄いレースのあしらわれた、名前のない花が描かれた、下着と
胸の丘陵を
孕んだことのない女の
身体の、時々見え隠れする、
時々汚されもする、
なにも疑うことなく露わにして
みつめて
ますますぬいぐるみを詰める
暴力に似ている
ふくれてゆく
盛り上がっていきかたは、ごつごつしていて
肌ではありえない凹凸を
綿でできた布地は
つくられた

ぬいぐるみが詰められるたびに
際限なく
視界の下半分に白が盛り上がってゆく
二つの子宮は
まだ膨らんだことがなく
内臓を押し上げたことがなく
ただ、卵子が
毎月出て行くか出ていかないかの違い

抗体集団

すべて潜在する場が用意されていて、少しずつ作られていく、断片的な身体、
散らばっている、コルセット、薄い、
氾濫する存在の中に投げだされて
埋没していける、つまりは赦される、という
その予感あるいは充足が
歓びであること

歩行する
黒い
粘性の

重低音が聞こえてくる
布をかき分けて
なめらかさ、という帝国で
引きずられていく物体、軽くは見えるが
綱を握る腕が筋張っているからかなりの質量なのだと悟る、
暗闇で叫ぶように歌う、
すべての耳に引っ掻き傷をつけるように、
喉もとに手を当ててきつく締める

踊りが急遽止んで、塊はほどけて
それぞれに棒立ちの六人なのだと気づく
六人は一列を作って歩み寄り
両手を広げて虚空を抱擁する
あの中に飛び込めばよかった
そうすれば溶けられたかもしれなかった

寝転がった股関節と腿のあたりに
別の脚が乗ってバランスがきれいに保たれたり
大きな背中に
小さな胴が乗って屹立した塔のように旋回した
空間に散らばった身体はおしなべて匿名であり
ただあらがいようもなく差異があり

息を吸って吐くこと
は、言葉に回収されなければいい
そこにあるものとしてそこにあり
宙吊りの
リズムが保たれ続けて

インカレポエトリ叢書XXII

還るためのプラクティス

二〇二三年八月二〇日　発行

著　者　今宿　未悠
発行者　後藤　聖子
発行所　七　月　堂
〒一五四―〇〇二一　東京都世田谷区豪徳寺一―二―七
電　話　〇三―六八〇四―四七八八
FAX　〇三―六八〇四―四七八七
印刷　タイヨー美術印刷
製本　あいずみ製本所

Kaerutameno practice

ISBN978-4-87944-542-1　C0092